o pelicano

Adélia Prado

o pelicano

2ª edição

EDITORA RECORD
RIO DE JANEIRO • SÃO PAULO
2025

CIP-BRASIL. CATALOGAÇÃO NA PUBLICAÇÃO
SINDICATO NACIONAL DOS EDITORES DE LIVROS, RJ

P915p Prado, Adélia, 1935-
2. ed. O pelicano / Adélia Prado. - 2. ed. - Rio de Janeiro : Record, 2025.

ISBN 978-85-01-92276-2

1. Poesia brasileira. I. Título.

24-94362 CDD: 869.1
CDU: 82-1(81)

Gabriela Faray Ferreira Lopes - Bibliotecária - CRB-7/6643

Revisão: Jorge Emil

Texto revisado segundo o Acordo Ortográfico da Língua Portuguesa de 1990.

Direitos exclusivos desta edição reservados pela
EDITORA RECORD LTDA.
Rua Argentina, 171 – Rio de Janeiro, RJ – 20921-380 – Tel.: (21) 2585-2000

Impresso no Brasil

ISBN 978-85-01-92276-2

SUMÁRIO

O PELICANO

COLMEIAS

O pelicano

Foi bom pra mim ser afligido.

Do Salmo 118

Pela manhã iremos às vinhas,
para ver se a vinha lançou rebentos,
se as romãzeiras estão em flor.

Do Cântico dos Cânticos

Licor de romãs

GENESÍACO

Um homem na campina olhava o céu. As estrelas
pareciam aumentadas, de tamanho brilho.
Estrela, ó estrela, estrelas,
ele suplicou como se injuriasse.
Os que alimentavam o fogo
aproximaram-se admirados:
nós também queremos, repeti para nós.
Ó noite de mil olhos, reluzente.
Os vocativos
são o princípio de toda poesia.
Ó homem, ó filho meu,
convoca-me a voz do amor,
até que eu responda
ó Deus, ó Pai.

FIBRILAÇÕES

Tanto faz
funeral ou festim,
tudo é desejo
o que percute em mim.
Ó coração incansável à ressonância das coisas,
amo, te amo, te amo,
assim triste, ó mundo,
ó homem tão belo que me paralisa.
Te amo, te amo.
E uma língua só,
um só ouvido, não absoluto.
Te amo.
Certa erva do campo tem as folhas ásperas
recobertas de pelos,
te amo, digo desesperada
de que outra palavra venha em meu socorro.
A relva estremece,
o amor para ela é aragem.

LIRIAL

Lírios, lírios,
a vida só tem mistérios.
Destruo os lírios,
eles me põem confusa.
Os finados se cobrem deles,
os canteiros do céu,
onde as virgens passeiam.
Como cabeças de alho,
os bulbos ficam na terra
esperando novembro para que eu padeça.
Como pessoas, esta flor espessa;
branca, d'água, roxo-lírio,
lírio amarelo — um antilírio —,
lírio de nada, espírito de flor,
hausto floral do mundo,
pensamento de Deus inconcluído
nesta tarde de outubro em que pergunto:
para que servem os lírios,
além de me atormentarem?
Um lírio negro é impossível.
Inocente e voraz o lírio não existe
e esta fala é delírio.

AS SEIS BADALADAS DO ENTARDECER

Cantores populares no Brasil
fizeram fama e fortuna
cantando-lhe o doce encanto.
Pinhos plangeram,
mágoas rolaram, dolentes,
flores após langores
e até lívidas papoulas
estremeceram de frio nestes versos:
'Como lívidas papoulas
são teus olhos lantejoulas.'
Envém a noite com seu negro manto,
restos de luz no poente,
também chamado ocaso
e mais lindamente crepúsculo,
na voz do cantor do rádio.
Papai já jantou faz tempo,
mamãe já morreu faz tempo,
faz tempo que estou aqui
fingindo fazer chalaça.
Papai olha o relógio:
'6 horas já. Quem não fez não faz mais.'
Vermelhidões de incêndio,
os rostos meio pálidos fulguravam.

MORTE MORREU

Quando o ano acinzenta-se em agosto
e chove sobre árvores
que mesmo antes das chuvas já reverdeceram,
da mesma estação levantam-se
nossos mortos queridos
e os passarinhos que ainda vão nascer.
"Ó morte, onde está tua vitória?"
Eh tempo bom, diz meu pai.
A mãe acalma-se,
tomam-se as providências sensatas.
Todos pra janela, espiar as goteiras:
"Chuva choveu, goteira pingou
Pergunta o papudo se o papo molhou".
Pergunta a menina se a vida acabou.

A ROSA MÍSTICA

A primeira vez
que tive a consciência de uma forma,
disse à minha mãe:
dona Armanda tem na cozinha dela uma cesta
onde põe os tomates e as cebolas;
começando a inquietar-me pelo medo
do que era bonito desmanchar-se,
até que um dia escrevi:
'Neste quarto meu pai morreu,
aqui deu corda ao relógio
e apoiou os cotovelos
no que pensava ser uma janela
e eram os beirais da morte.'
Entendi que as palavras
daquele modo agrupadas
dispensavam as coisas sobre as quais versavam,
meu próprio pai voltava, indestrutível.
Como se alguém pintasse
a cesta de dona Armanda
me dizendo em seguida:
agora podes comer as frutas.
Havia uma ordem no mundo,

de onde vinha?
E por que contristava a alma
sendo ela própria alegria
e diversa da luz do dia
banhava-se em outra luz?
Era forçoso garantir o mundo
da corrosão do tempo, o próprio tempo burlar.
Então prossegui: 'Neste quarto meu pai morreu...
Podes fechar-te, ó noite,
teu negrume não vela esta lembrança.'
Foi o primeiro poema que escrevi.

A ESFINGE

Ofélia tem os cabelos tão pretos
como quando casou.
Teve nove filhos, sendo que
tirante um que é homossexual
e outro que mexe com drogas,
os outros vão levando no normal.
Só mudou o penteado e botou dentes.
Não perdeu a cintura, nem
aquele ar de ainda serei feliz,
inocente e malvada
na mesma medida que eu,
que insisto em entender
a vida de Ofélia e a minha.
Ainda hoje passou de calça comprida
a caminho da cidade.
Os manacás cheiravam
como se o mundo não fosse o que é.
Ora, direis. Ora digo eu. Ora, ora.
Não quero contar histórias,
porque história é excremento do tempo.
Queria dizer-lhes é que somos eternos,
eu, Ofélia e os manacás.

A TRANSLADAÇÃO DO CORPO

Eu amava o amor
e esperava-o sob árvores,
virgem entre lírios. Não prevariquei.
Hoje percebo em que fogueira equívoca
padeci meus tormentos.
A mesma em que padeceram
as mulheres duras que me precederam.
E não eram demônios o que me punha um halo
e provocava o furor de minha mãe.
Minha mãe morta,
minha pobre mãe,
tal qual mortalha seu vestido de noiva
e nem era preciso ser tão pálida
e nem salvava ser tão comedida.
Foi tudo um erro, cinza
o que se apregoou como um tesouro.
O que tinha na caixa era nada.
A alma, sim, era turva
e ninguém via.

DEUS NÃO REJEITA A OBRA DE SUAS MÃOS

É inútil o batismo para o corpo,
o esforço da doutrina para ungir-nos,
não coma, não beba, mantenha os quadris imóveis.
Porque estes não são pecados do corpo.
À alma, sim, a esta batizai, crismai,
escrevei para ela a *Imitação de Cristo.*
O corpo não tem desvãos,
só inocência e beleza,
tanta que Deus nos imita
e quer casar com sua Igreja
e declara que os peitos de sua amada
são como os filhotes gêmeos da gazela.
É inútil o batismo para o corpo.
O que tem suas leis as cumprirá.
Os olhos verão a Deus.

OBJETO DE AMOR

De tal ordem é e tão precioso
o que devo dizer-lhes
que não posso guardá-lo
sem que me oprima a sensação de um roubo:
cu é lindo!
Fazei o que puderdes com esta dádiva.
Quanto a mim dou graças
pelo que agora sei
e, mais que perdoo, eu amo.

RESPONSÓRIO

Santo Antônio,
procurai para mim a carteira perdida,
vós que estais desafadigado,
gozando junto de Deus a recompensa dos justos.
Estão nela a paga do meu trabalho por um mês,
documentos e um retrato
onde apareço cansada, com uma cara
que ninguém olhará mais de uma vez
a não ser vós, que já em vida
vos apiedáveis dos tormentos humanos:
sumiu a agulha da bordadeira,
sumiu o namorado,
o navio no alto-mar,
sumiu o dinheiro no ar.
Tenho que comprar coisas, pagar contas,
dívidas de existir neste planeta convulso.
Prometo-vos uma vela de cera,
um terço do meu salário
e outro que rezarei
pra entoar vossos louvores, ó Martelo dos Hereges,
cuja língua restou fresca
entre vossos ossos, intacta.

Servo do Senhor, procurai para mim a carteira perdida
e, se tal não aprouver a Deus para a salvação da minha alma,
procurai antes me ensinar
a viver como vós,
como um pobre de Deus.
Amém!

A VIDA ETERNA

Meio século.
O peso desta palavra ia me deixar de cama.
Não vai mais. Aprendo sabedorias.
Os alquimistas não são contraventores,
cândidos, sim, às vezes, como os santos,
acreditando em pedra, em peixe de sonho,
em sinal escrito no céu.
Onde está Deus?
Abril renasce é do cosmos,
no mais perfeito silêncio.
É dentro e fora de mim.

A BELA ADORMECIDA

Estou alegre e o motivo
beira secretamente à humilhação,
porque aos 50 anos
não posso mais fazer curso de dança,
escolher profissão,
aprender a nadar como se deve.
No entanto, não sei se é por causa das águas,
deste ar que desentoca do chão as formigas aladas,
ou se é por causa dele que volta
e põe tudo arcaico como a matéria da alma,
se você vai ao pasto,
se você olha o céu,
aquelas frutinhas travosas,
aquela estrelinha nova,
sabe que nada mudou.
O pai está vivo e tosse,
a mãe pragueja sem raiva na cozinha.
Assim que escurecer vou namorar.
Que mundo ordenado e bom!
Namorar quem?
Minha alma nasceu desposada
com um marido invisível.

Quando ele fala roreja,
quando ele vem eu sei,
porque as hastes se inclinam.
Eu fico tão atenta que adormeço
a cada ano mais.
Sob juramento lhes digo:
tenho 18 anos. Incompletos.

MISSA DAS 10

Frei Jácomo prega e ninguém entende.
Mas fala com piedade, para ele mesmo,
e tem mania de orar pelos paroquianos.
As mulheres que depois vão aos clubes,
os moços ricos de costumes piedosos,
os homens que prevaricam um pouco em seus negócios
gostam todos de assistir à missa de frei Jácomo,
povoada de exemplos, de vida de santos,
da certeza marota de que ao final de tudo
uma confissão *in extremis* garantirá o paraíso.
Ninguém vê o Cordeiro degolado na mesa,
o sangue sobre as toalhas,
seu lancinante grito,
ninguém.
Nem frei Jácomo.

HERÁLDICA

Grande luxo é ser pobre por escolha,
tentação de ser Deus que nada tem,
orgulho incomensurável.
Por causa disto sou advertida
de que muitos me precederão no Reino,
os ladrões, os maus poetas
e pior: os bajuladores que os louvam.
Sofro pelo pensamento
de que no palácio devem ficar os reis
e na fábrica os operários, nos armazéns de cereais.
Que dura sentença espera
aos que, como eu,
ofusca uma lucidez tão grande!
Sei quando um verso é mau,
quando não vem desgarrado
da margem ignota da alma.
O que me possui é orgulho,
ou alegria — que não reconheço —
travestida de andrajos?
Só posso dizer que é amor
esta fadiga de catar as pérolas,
descobrir nos brasões a milenar linhagem.
Ninguém sabe o que diz quando fala dos pobres.

O NASCIMENTO DO POEMA

O que existe são coisas,
não palavras. Por isso
te ouvirei sem cansaço recitar em búlgaro
como olharei montanhas durante horas,
ou nuvens.
Sinais valem palavras,
palavras valem coisas,
coisas não valem nada.
Entender é um rapto,
é o mesmo que desentender.
Minha mãe morrendo,
não faltou a meu choro este arco-íris:
o luto irá bem com meus cabelos claros.
Granito, lápide, crepe,
são belas coisas ou palavras belas?
Mármore, sol, lixívia.
Entender me sequestra de palavra e de coisa,
arremessa-me ao coração da poesia.
Por isso escrevo os poemas
pra velar o que ameaça minha fraqueza mortal.
Recuso-me a acreditar que homens inventam as línguas,
é o Espírito quem me impele,

quer ser adorado
e sopra no meu ouvido este hino litúrgico:
baldes, vassouras, dívidas e medo,
desejo de ver Jonathan e ser condenada ao inferno.
Não construí as pirâmides. Sou Deus.

DUAS HORAS DA TARDE NO BRASIL

Tanto quanto a vida amo este calor,
esta claridade metafísica,
este pequeno milagre:
no ar tórrido os alecrins de seda não se crestam,
espalmam como os jovens hebreus cantando na fornalha.
Quem sofre é meu coração,
às duas horas da tarde quer rezar.
Quem me chama é Deus?
É Seu olho centrífugo o que me puxa?
A vida tão curta e ainda não tenho estilo,
palavras como astrolábio desviam-me de meus deveres,
a forma de um nariz por semanas ocupa-me,
seu jeito triste de fechar a boca.
A quem amo enfim?
Acaso fui seduzida pelo Filho do Homem
e confundo você, mesquinho,
e confundo você, vaidoso,
como o que me quer com ele
gemendo na sua cama de cruz?
O europeu diz-se aturdido com o desperdício do sol.
Obrigada, respondo, com vergonha de carnaval,
de batuques, de meus quadris excessivos.

Jesus é búlgaro? Afegão? Holandês da colônia?
Brasileiro não é. Estranhíssimo, sim,
com seu corpo desnudo e perfurado,
mendigando carinho, igual ao meu.
Minha pátria, como as outras, tem folclore,
cantigas cheias de melancolia.
Como posso aceitar que morreremos?
E a alma do povo, a quem aproveitaria?
Frigoríficos são horríveis
mas devo poetizá-los
para que nada escape à redenção:
Frigorífico do Jiboia
Carne fresca
Preço joia.
De novo quero rezar pra não ficar estrangeira
meu Deus, meu Deus, por que me abandonastes?
Dizei-me quem sois Vós e quem sou eu,
dizei-me quem sois Vós e quem sou eu.

Por que escondes de mim a Tua Face
e por que me consideras
como a um inimigo?

Do Livro de Jó

O jardim das oliveiras

A TREVA

Me escolhem os claros do sono
engastados na madrugada,
a hora do Getsêmani.
São cruas claras visões,
às vezes pacificadas,
às vezes o terror puro
sem o suporte dos ossos
que o dia pleno me dá.
A alma desce aos infernos,
a morte tem seu festim.
Até que todos despertem
e eu mesma possa dormir,
o demônio come a seu gosto,
o que não é Deus pasta em mim.

NIGREDO

Mais é de noite, quando a alma vigia,
e um olho, que não o do corpo,
espia.
Deus! Clamo no escuro,
ó Deus, Deus!
Mas não sou eu quem chama,
é Ele próprio quem se chama
com minha boca de medo.
O fundo do rio rui.
Meus filhos, meus filhos,
o homem que me escolheu,
eu eu eu
que sol mais cru no centro desta treva:
'Mãe, guarda a janta pra mim.'
Nem a terra toda cobre esta nudez,
nem o mar, nem Deus que me trata
como se eu fora divina.
Ele não é o que dizem,
grita, convoca à loucura,
furta de mim as delícias
que nos sonhos concede:
os peixes dentro da rocha,

primeiro de vidro,
depois vivos, frementes,
da mãe do cristal pendentes,
da mãe da ametista.
A boca está seca, é sede.
Ele quer água, eu bebo,
quer urinar, levanto-me,
sem roupas ando na casa,
tem piedade de mim.
A humilhação me prostra,
meia-noite, meio da vida a pino,
a cova, a mãe, o grande escuro é Deus
e forceja por nascer da minha carne.

O BOM PASTOR

Me deixo estar inerte,
porque não há em mim qualquer coragem.
Não posso ter, nem ser,
nem morrer, nem viver,
não posso entrar nem sair.
Clamo por Deus e Ele me devolve ao tempo,
às notas fiscais que
— por ordem do governo —
devo exigir dos maus negociantes.
Por que todo este peso sobre mim?
Não quero ser fiscal do mundo,
quero pecar, ser livre,
devolver aos ladrões
sua obrigação com os impostos.
Tudo me está vedado,
não há lugar para mim,
parece que Deus me bate,
parece que me recusa,
pedir auxílio é pecar,
não pedir é loucura,
é consentir no auxílio do diabo.
Quem é o estranho a quem chamo de Jonathan?

Por Deus, quem sou?
Escorpião está no céu,
em dias felizes eu faria um verso:
'brilho de escorpião na friagem da noite'.
Soa agora como bajulação à divindade,
a fala de um mentiroso,
de um falastrão covarde.
Não ireis acreditar
se pensáveis que líeis um poema —
alguém me entrega uma carta:
'Eu agora coloquei dentes,
estou mais jovem,
só a canseira de velho continua.'
O terror sumiu,
porque ao reproduzir-vos a carta
corrigi duas palavras
e não há quem às portas do inferno
socorra-se das gramáticas.
Portanto, um poder novo me salva,
uma compaixão,
que usa as constelações e os correios
e a mesma língua materna
que me ensinou a gemer.
O Misericordioso pôs nos ombros
Sua ovelha mais fraca.

A CÓLERA DIVINA

Quando fui ferida,
por Deus, pelo diabo, ou por mim mesma
— ainda não sei —,
percebi que não morrera, após três dias,
ao rever pardais
e moitinhas de trevo.
Quando era jovem,
só estes passarinhos,
estas folhinhas bastavam
para eu cantar louvores,
dedicar óperas ao Rei.
Mas um cachorro batido
demora um pouco a latir,
a festejar seu dono
— ele, um bicho que não é gente —,
tanto mais eu que posso perguntar:
por que razão me bates?
Por isso, apesar dos pardais e das reviçosas folhinhas,
uma tênue sombra ainda cobre meu espírito.
Quem me feriu perdoe-me.

A SAGRADA FACE

A dentadura encravou-se? Rezai,
prometei abstinência por um ano
para que a prótese malfeita se despregue da boca.
Ó Deus, como éreis bom,
rosas, dentes postiços,
touceiras de coqueirinho,
a profusão dos milagres.
Casimiro de Abreu, que não era santo,
mas que estava nos livros,
também ele dizia, como Jó,
como meu pai e minha mãe diziam:
"Um Ser que nós não vemos
é maior que o mar que nós tememos..."
Que faço agora que Vos descubro em silêncio,
mas, dentro de mim, em meus ossos,
vertiginosa doçura?
Os dentistas fazem as próteses, não Vós,
a terra é quem gera as rosas.
Desde a juventude pedi: quero ver Teu Rosto,
mostra-me Tua Face.
Então é este o esplendor,
este deserto ardente, claro,

de tão claro sem caminhos!
Esta doçura nova me empobrece,
nascer sem pai, sem mãe,
objeto de um amor em mim mesma gerado.
Flor não é Deus, terra não é, eu não sou.
Pobre e desvalida entrego-me ao que seja
esta força de perdão e descanso,
paciência infinita.
Quase posso dizer, eu amo.

Estou enferma de amor.

Do Cântico dos Cânticos

O pelicano

A BATALHA

Perdi o medo de mim. Adeus.
Vou às paisagens do frio atrás de Jonathan.
Deve ser assim que se vive,
na embriaguez deste voo
no rumo certo da morte.
Amo Jonathan.
Eis aí o monocórdico, diarreico assunto.
'Ele quer te ver', alguém disse no sonho.
E desencadearam-se as formas onde Deus se homizia.
Pode-se adorar tufos de grama, areia,
não se descobre donde vêm os oboés.
Jonathan quer me ver.
Pois que veja.
O diabo uiva algemado nas profundezas do inferno,
enquanto eu
tiro o corpo da roupa.

MEMÓRIA AMOROSA

Quando ele aparece
bonito e mudo se posta
entre moitas de murici.
Faz alto-verão no corpo,
no tempo dilatado de resinas.
Como quem treina para ver Deus,
olho a curva do lábio, a testa,
o nariz afrontoso.
Não se despede nunca.
Quando sai não vejo,
extenuada por tamanha abundância:
seus dedos com unhas, inacreditáveis!

A TERCEIRA VIA

Jonathan me traiu com uma mulher
que não sofreu por ele
um terço do que eu sofri;
uma mulher turista espairecendo na Europa.
Jonathan é bastante tolo.
Estou sem saber se me mudo
para alguém mais ladino,
se espero Jonathan crescer.
Sem descasar-me, sem gastar um tostão,
o moço oferece-me pensamentos diários
com irresistível margem de perigos:
posso ficar tísica,
posso engordar,
posso entender de física,
posso jejuar
produzindo sua imagem na hora mais quente do dia.
Ismália me diz: 'Deus é um tijolo,
está aqui no nariz do meu cachorro.
Eu sou puro pecado.'
E imediatamente come docinho de aletria
com descansada certeza:
'Irei salvar-me porque Deus me ama.'

Não tenho o peito de Ismália
pra chegar perto de Deus.
Por isso fico ganindo
e chego perto dos homens,
cheiro a camisa de Pedro,
o travo ingrato de Jonathan.
Todos viram que minha boca secou
quando disse muito prazer e desfaleci na cadeira.
O amor me envergonha.
Da geração da cachaça,
do é ou não é,
do ou casa ou vai pro convento,
não posso ser *gay* e dizer: depende,
vou ver, vou tratar do seu caso.
Comigo é na pândega
ou na santidade mais rigorosa.
Eu não servia para ter nascido,
para comer com boca, andar com pés
e ter dentro de mim oito metros de tripas
desejando a filigrana de tua íris
cuja cor não digo para não estragar tudo
e novamente ficar coberta de ridículo.
Sei agora, a duras penas,
por que os santos levitam.
Sem o corpo a alma de um homem não goza.
Por isto Cristo sofreu no corpo a sua paixão,

adoro Cristo na Cruz.
Meu desejo é atômico,
minha unha é como meu sexo.
Meu pé te deseja, meu nariz.
Meu espírito — que é o alento de Deus em mim —
[te deseja
pra fazer não sei o que com você.
Não é beijar, nem abraçar, muito menos casar
e ter um monte de filhos.
Quero você na minha frente, estático
— Francisco e o Serafim, abrasados —,
e eu para todo o sempre
olhando, olhando, olhando...

CADERNO DE DESENHO

Quem verazmente se importa
de que esteja tão abatida com as respostas do oráculo?
Ele me ama? perguntei.
Por quatro vezes respondeu silêncio, conflito,
infortúnio e outra vez silêncio.
Terá Vosso amor, ó Deus, tanta beleza,
Vós que não tendes mãos, nem pés,
nem aquele nariz perfeito
por quem ardo até a última estrela?
Se Jonathan me amasse...
Mas quem me ama é João
e amo Jonathan desde os 12 anos,
desde a única boa lembrança de irmã Guida
que ensinava desenho,
as formas escapando de conselhos, doutrinas,
mais antigas que o pai, a mãe,
mais antigas que o avô,
reclamando de mim uma providência,
para que perdurassem, ficassem ali comigo no caderno.
Eu desenhava mal entusiasmadamente,
furando o papel com o lápis,
querendo expulsar de mim, hoje sei

— e queria mais não saber —,
aquela beleza mortal.
Eu lutava com o Anjo,
com o Mensageiro que nunca mais me deixou.
Que nome tem o que não morre?
O nome de Deus é qualquer,
pois, quando nada responde,
ainda assim uma alegria poreja.

SILABAÇÃO

Na falha do dente mesma
ou entre ela e a estrela vermelha sobre o rio
cabem aviões e perguntas.
Fazem tediosas sentenças
sobre meu vestido e cabelos
enquanto eu faço um livro
que, segundo comadre minha,
'deixa muitas recordações'.
Meu aspecto campônio
já perturbou um moço refinado
e passei maus bocados
com minha mãe me infernizando o ouvido:
'Vai arear seus pezinho à toa,
esse tal de Notajan
casa é com moça rica.'
Preferível seu ódio
a ouvir o nome querido
massacrado em sua boca.
Ó Jonathan, as palavras me matam,
as perfeitas e as cruas.
Milho, pó de café, sabão,
minha pobre mãe me preparou pra vida,

este vale de lágrimas.
Vale de lágrimas! Que palavra estupenda!
Assim diria, se soubesse,
em toda língua humana conhecida,
vale de lágrimas!
Os olhos da humanidade se exaurindo,
enchendo gargantas,
fossos entre os penhascos,
até virar um mar,
um mar salgado e amargo.
Mar, não, até virar um rio,
porque dizer assim vale de lágrimas
não é desesperado como o mar,
nem tão imenso.
O rio tem margens,
margens espraiam-se,
vegetação, animais, guardadores de gado,
o grito é ouvido.

O DESPAUTÉRIO

Insinua-se a tentação de rejeitar a forma
e não sei se vem do Bem ou do Mal.
Um enfado pelo que só se mostra
à força de palavras desse
e não de outro jeito dispostas.
É quando mais sei que não sou Deus.
Jonathan, Jonathan,
minha mãe não aprende a soletrar seu nome,
seu ódio desloca as tônicas
e mais ainda os motivos
de seus terríveis conselhos.
Também quero infringir.
Quem ama mata o cacófato,
acha bonita a ruidosa máquina do corpo.
Tens dormido bem, meu pai?
Muito bem, respondia
informando inocente sobre galos,
choro noturno de recém-nascidos.
Mas este relato é belo.
Se a mãe tiver razão estou perdida.
Sempre disse: a poesia é o rastro de Deus nas coisas
e cantava o rastro,

quando é aos pés que se deve adorar.
Pobre beleza esta,
serva agrilhoada,
passarinho cego trinando.
No entanto está escrito: "Sois deuses!"
E somos.
Quero me oferecer à divindade
na mais perfeita pobreza
e ela só me recebe
na mais perfeita alegria.
Dentro da lâmpada acesa
o núcleo parece um ovo,
parece um pintinho novo.
Preciso mentir um pouco
para que o ritmo aconteça
e eu própria entenda o discurso.
Faça-se a dura vontade
do que habita meu peito:
vem, Jonathan,
traz flores pra minha mãe
e um par de algemas pra mim.

RAIVA DE JONATHAN

Fui te procurar na rua,
meti a cabeça no poste,
sangrou, solucei, dormi,
sonhei com astros movendo-se
e formas vegetais humanizadas.
O corpo é pagão e assim deve ficar
para que lembre Deus constantemente
Seu dever de salvar-nos.
Me desgosta este harpejo de líquidos
no seu abdômen branco,
homem mortal e cruel.
Sai pra lá, cachorrinho imbecil,
vai passar fome hoje,
o osso é meu.
As más companhias te perdem, meu amor,
e exaurem teu poder de construir bons versos.
Você se distrai, me esquece,
dá entrevistas pernósticas.
Um ovo de duas gemas
ao mais frio dos homens há de comover,
não a mim, não hoje,
que não quero saber da barra grega.

Desenho mal, é verdade,
mas precisava irmã Guida
exibir-se às minhas custas?
Se Brígida me provocar
vou lhe dizer assim como um doutor:
o mal que você faz é inconsciente, Brígida.
Só isto vai humilhá-la tanto quanto desejo,
limpar a gosma destes versos horrendos:
'Rubor, febre, pudicícia,
minha honra feminina em convulsão,
percutindo em meu peito, ultrassônica,
a retornada, cíclica paixão.'
Sai, travesti poético. Arre! Credo!
Mas, como ia dizendo,
vem, Jonathan,
qualquer hora é hora,
o que vale é ser feliz,
mais vale um pássaro na mão,
vem, ó galante, do que dois avoando,
imploro-te,
mas vem logo, desgraçado,
senão eu te furo
e não tou nem aí.
Vestida de noiva,
vais me achar discursando
com um repolho na mão:

Querida massa, excelentíssima massa...
vais ficar tão bonito no caixão!
Só uma coisinha à toa me detém:
se cometer o crime,
como será depois,
quando me deparar com o desmazelo,
sua desgraciosa, humílima, utilíssima forma?
E a quem servirá a palavra de Isaías
que escreveu para mim o seu oráculo?
"Deem força aos joelhos vacilantes,
o coxo saltará como um cabrito."
Hein, Jonathan? Responde.

PRANTO PARA COMOVER JONATHAN

Os diamantes são indestrutíveis?
Mais é meu amor.
O mar é imenso?
Meu amor é maior,
mais belo sem ornamentos
do que um campo de flores.
Mais triste do que a morte,
mais desesperançado
do que a onda batendo no rochedo,
mais tenaz que o rochedo.
Ama e nem sabe mais o que ama.

O SACRIFÍCIO

Não tem mar, nem transtorno político,
nem desgraça ecológica
que me afastem de Jonathan.
Vinte invernos não bastaram
pra esmaecer sua imagem.
Manhã, noite, meio-dia,
como um diamante,
meu amor se perfaz, indestrutível.
Eu suspiro por ele.
Casar, ter filhos,
foi tudo só um disfarce, recreio,
um modo humano de me dar repouso.
Dias há em que meu desejo é vingar-me,
proferir impropérios: maldito, maldito.
Mas é a mim que maldigo,
pois vive dentro de mim
e talvez seja Deus fazendo pantomimas.
Quero ver Jonathan
e com o mesmo forte desejo
quero adorar, prostrar-me,
cantar com alta voz *Panis Angelicus*.
Desde a juventude canto.

Desde a juventude desejo e desejo
a presença que para sempre me cale.
As outras meninas bailavam,
eu estacava querendo
e só de querer vivi.
Licor de romãs,
sangue invisível pulsando na presença Santíssima.
Eu canto muito alto:
Jonathan é Jesus.

ADORAÇÃO NOTURNA

É como um olhar,
como um olhar imóvel.
Beijam-me quando assim me tomas,
admirados
de que não repila a comiseração:
'Não é a que tem desejos e sandálias?'
Vossos pés me ocupam, vossos dedos
cuja perfeição esgota a eternidade.
Quem mais adora quando me arrebatas?
Meus sapatos são os vossos,
de ouro,
iguais são nossos joelhos,
as rótulas sobre as quais
— eu, ou vós? — descansamos as mãos.
Necessária como Deus,
coberta de meus pecados resplandeço.

O PELICANO

Um dia vi um navio de perto.
Por muito tempo olhei-o
com a mesma gula sem pressa com que olho Jonathan:
primeiro as unhas, os dedos, seus nós.
Eu amava o navio.
Oh! eu dizia. Ah, que coisa é um navio!
Ele balançava de leve
como os sedutores meneiam.
À volta de mim busquei pessoas:
olha, olha o navio
e dispus-me a falar do que não sabia
para que enfim tocasse
no onde o que não tem pés
caminha sobre a massa das águas.
Uma noite dessas, antes de me deitar
vi — como vi o navio — um sentimento.
Travada de interjeições, mutismos,
vocativos supremos balbuciei:
Ó Tu! e Ó Vós!
— a garganta doendo por chorar.
Me ocorreu que na escuridão da noite
eu estava poetizada,

um desejo supremo me queria.
Ó Misericórdia, eu disse
e pus minha boca no jorro daquele peito.
Ó amor, e me deixei afagar,
a visão esmaecendo-se,
lúcida, ilógica,
verdadeira como um navio.

Escuta, minha filha; vê e presta atenção: esquece teu povo e a casa de teu pai; que o rei se encante com a tua formosura!

Do Salmo 44

Colmeias

A CRIATURA

Quero ver Jonathan,
aqui ou onde mora
exilado de mim.
Está meio chuvoso e é domingo,
feito um domingo antigo,
quando Ormírio chegou com Antônia,
sua filha de criação,
e me deu um cacho de uvas.
Da mesma natureza é a saudade que sinto
por aquele domingo e por Jonathan.
Como Antônia era tola eu era feliz,
o eixo da terra girava devagar,
eu cantava
a propósito de tudo
a música de que mais gostava.
Quando me apaixonei por Jonathan,
escrevia seu nome pela casa,
meu pai dizia: O que é isso?
É o nome de um príncipe, eu falava.
Pronuncia-se Narratanói e está nas mil e uma noites...
Meu pai, plebeu
a quem certas palavras subjugavam,

orgulhava-se de mim
que lhe dava poder sobre os signos migrados.
Oh, Jonathan, descubro que te amo
desde o tempo da guerra,
quando os aliados batiam os alemães.
Vovô dizia usaliados,
e até mamãe, imagine!
E principalmente eu:
'usaliados vão ganhar a guerra',
sabendo, por divina inspiração:
'o poder é de quem detém a palavra'.
Poder que ia usar contra você,
que teria minha mãe usado contra mim:
'Você é da classe operária,
ele é muito bonito,
vai te deixar sozinha!'
Não deixou, minha mãe, como não me deixa,
apesar dos pesares,
esta vocação para a alegria perfeita.
Vê, são passadas décadas
e é a mesma em mim
a prontidão para a chuva,
as goiabas verdes,
para o sol que ateia nos telhados
as labaredas brancas do meio-dia.
É como se estivésseis aqui

com meu pai, meu avô,
Ormírio e o cacho de uvas,
como quando entoei impropriamente
à véspera de um Natal o *Tantum Ergo*.
Que grande cortesã eu me ensaiava,
porque era uma orgia
aquela felicidade sobre nadas,
era tudo tão pobre.
Eu já amava Jonathan,
porque Jonathan é isto,
fato poético desde sempre gerado,
matéria de sonho, sonho,
hora em que tudo mais desce à desimportância.
Agora que me decido à mística,
escrevo sob seu retrato:
'Jesus, José, Javé, Jonathan, Jonathan,
a flor mais diminuta é meu juiz.
Me deixem no deserto resgatada,
pedra que dentro é pedra,
sobre pedra pousada.'
Rimo por boniteza, não é triste o que sinto.
"A supliciada" podíeis chamar a tais versos,
no entanto, confirmo, estou feliz,
feliz para o desperdício
do que busquei amealhar
e estava certa,

o que o tempo não rói.
Um mel derrama-se,
uma ave amorosa me alimenta.
Negro céu com relâmpagos
e esta doçura que não tem repouso.
São feitos para mim estes legumes,
mais que as flores são feitos para mim
que os converto no ventre em ouro simbólico.
Nada há mais parecido com o que sou
a não ser outro homem e outro mais
e mais outro homem.
A visão de um recém-nascido me transporta.
Experimento dizer: 'dentro da terra,
sobre leitos de areia os lençóis d'água';
é como ferir o peito com uma lança,
estremeço de amor pelas torrentes,
como de amor por Jonathan.
Os peixes gostam de mim, os fetos.
Antes que o façam eu abraço os homens,
eu os desarmo,
como a abelha em seu afinco
trabalho para que entendam:
a vida é tão bonita,
basta um beijo
e a delicada engrenagem movimenta-se,
uma necessidade cósmica nos protege.

Os espíritos imundos confessavam o Cristo,
se enfiavam nos porcos confessando,
esta alegria nova me confessa,
a mesma, a antiga,
a de quando ganhei as uvas e chovia
e gostava de Antônia,
aquela menina tola.
'A ira bordeja como um peixe mau'
é só um verso bonito.
Não há como voltar deste país:
o homem à janela canta
— sem ter costume — a melodiazinha.
Deus põe no céu o arco-íris,
uma palavra selada,
seu hieróglifo.
Não tenho mais tempo algum,
ser feliz me consome.

Obras da autora

POESIA

Lapinha de Jesus, presépio de Frei Tiago Kamps, O. F. M., texto da autora e Lázaro Barreto, fotos de Gui Tarcísio Mazzoni. Petrópolis: Vozes, 1969.

Bagagem. Rio de Janeiro: Imago, 1976; Rio de Janeiro: Record, 2002; Lisboa: Cotovia, 2002.

O coração disparado. Rio de Janeiro: Nova Fronteira, 1978.

Terra de Santa Cruz. Rio de Janeiro: Nova Fronteira, 1981.

O pelicano. Rio de Janeiro: Guanabara, 1987.

A faca no peito. Rio de Janeiro: Rocco, 1988.

Poesia reunida. São Paulo: Siciliano, 1991.

Oráculos de maio. São Paulo: Siciliano, 1999.

A duração do dia. Rio de Janeiro: Record, 2010.

Miserere. Rio de Janeiro: Record, 2013.

PROSA

Solte os cachorros. Rio de Janeiro: Nova Fronteira, 1979.

Cacos para um vitral. Rio de Janeiro: Nova Fronteira, 1980.

Os componentes da banda. Rio de Janeiro: Nova Fronteira, 1984.

O homem da mão seca. São Paulo: Siciliano, 1994.

Manuscritos de Felipa. São Paulo: Siciliano, 1999.

Prosa reunida. São Paulo: Siciliano, 1999.

Filandras. Rio de Janeiro: Record, 2001.

Quero minha mãe. Rio de Janeiro: Record, 2005.

Quando eu era pequena. Rio de Janeiro: Record, 2006. (Infantil)

Carmela vai à escola. Rio de Janeiro: Record, 2011. (Infantil)

ANTOLOGIAS

Mulheres & mulheres. Organização de Rachel Jardim. Rio de Janeiro: Nova Fronteira, 1978.

Palavra de mulher: poesia feminina brasileira contemporânea. Organização de Maria de Lourdes Hortas. Rio de Janeiro: Editora Fontana, 1979.

Contos mineiros. São Paulo: Ática, 1984.

Antologia da poesia brasileira. Seleção de Antônio Carlos Secchin. Tradução de Zhao Deming. Pequim: Editora Embaixada do Brasil em Pequim/Departamento Nacional do Livro/Fundação Biblioteca Nacional, 1994.

Poesie. Tradução de Goffredo Feretto. Gênova: Fratelli Frilli Editori, 2005. (Antologia em italiano, precedida de estudo do tradutor)

La poésie du Brésil du XVIe au XXe siècle. Organização de Max Carvalho. Paris: Éditions Chandeigne, 2012. (Seleção de poemas, em edição bilíngue, com apoio do Ministério da Cultura, Fundação Biblioteca Nacional e Embaixada do Brasil na França)

TRADUÇÕES

The Headlong Heart. Tradução de Ellen Watson. Nova York: Livingston University Press, 1988.

The Alphabet in the Park. Tradução de Ellen Watson. Middletown: Wesleyan University Press, 1990. (Seleção de poemas)

El corazón disparado. Tradução de Cláudia Schwartz e Fernando Roy. Buenos Aires: Leviatan, 1994.

Bagaje. Tradução de José Francisco Navarro Huamán. Cidade do México: Universidad Iberoamericana, 2000.

Ex-voto: poems of Adélia Prado. Tradução de Ellen Watson. North Adams: Tupelo Press, 2013.

The mystical rose. Tradução de Ellen Watson. Hexham: Bloodaxe Books, 2014.

Este livro foi composto na tipografia Minion Pro,
em corpo 11,5/17, e impresso em
papel off-white no Sistema Cameron da
Divisão Gráfica da Distribuidora Record.